다시
　사랑한다면,

이 도서의 국립중앙도서관 출판시도서목록(CIP)은 서지정보유통지원시스템 홈페이지(http://seoji.nl.go.kr)와
국가자료공동목록시스템(http://www.nl.go.kr/kolisnet)에서 이용하실 수 있습니다.(CIP제어번호: CIP2016013374)

# 다시 사랑한다면,

토닥토닥 그림편지 3

지금 이 순간, 가장 빛나는 그대에게 전하는 마음 편지

이수동 글 · 그림

아트북스

# 세 번째 어른 동화

벌써 그림 에세이가 세 권째라니!

'재주가 열두 가지면 굶어 죽는다'는 말이 있다. 어느 것 하나에도 집중하지 못한다는 뜻으로 열두 가지를 다 손에 쥐고 엉거주춤해서 어찌 밥벌이가 보장되는 일가一家를 이루겠느냐는 의미다. 맞는 말이기도 하다.

그런 의미로 보면 화가인 내가 책을 내는 것 또한 외도와 다를 게 없어 보이긴 하겠으나, 변명하자면 나는 글을 쓴다기보다 감상자들에게 그림을 해설해주는 '친절한 안내서'를 쓰고 있다고 생각한다. 그림을 포함한 모든 예술은 생산자가 주인이 아니라 그것을 봐주고 들어주는 소비자가 주인이라고 굳게 믿고 있기 때문이다. 그러니 예술을 하는 사람들이 그들만의 리그에서 웃고 떠들기만 할 것이 아니라, 예술을 사랑해주는 이들에게 다가가는 노력을 하는 것이 기본이라고 믿고 있다. 그런 이유로 나는 그림 에세이를 시작했다. 그런데 벌써 세 권째라고? 스스로도 놀랍다. 세 권에 실린 그림을 모두 합치면 250여 점 가까이 된다. 이 '250'이라는 숫자는 그림들을 일일이 설명해주는 '친절한 수동 씨'가 되고 싶은 마음의 깊이와 같다.

'너는 늙어 봤냐? 나는 젊어봤다'라는 말이 남의 얘기가 아니라 나의 현실인 것이 다소 쓸쓸하지만, 그 어려운 사랑조차도 이미 다 겪어보았으니, 마치

선생님이 학생들에게 시험문제를 내고 답을 알려주듯 그림도 그렇게 풀어 설명하고 싶다. 아니면 나이 지긋한 큰 형님이 어린 막내 동생이나 조카 들에게 읽어주는 어른 동화쯤으로 여겨줘도 좋고.

　그림에 글을 하나씩 달 때면 자연스레 그림과 대화하며 그릴 당시를 떠올리게 되는데, 그 차분한 시간은 내 자신을 뒤돌아보게 한다. 글쓰기가 주는 소중한 '보너스'가 아닐 수 없다. 그리고 닭살스런 말 같지만 간혹 소위 '대륙의 실수' 같은 글이 툭! 나오기도 하는데, 그 희열 또한 만만찮다. 영화 「벤허」를 만든 감독이 완성된 작품을 보고 "신이시여! 정녕 이 영화를 내가 만들었습니까?" 하며 스스로 감동했다는 일화처럼, 그림 설명글 중에 드물게나마 나 자신도 깜짝 놀랄 만큼 잘 써진 글이 있더라는 말이다. 그 글들 중 하나인 「동행」은 요즘도 신혼부부의 청첩장에 널리 쓰이고 있단다. 짜릿하고 신나는 일이 아닐 수 없다.
　혹여 그 내용을 궁금해하는 독자가 있을 수도 있으니 아래에 「동행」의 구절을 붙인다.

꽃 같은 그대,

나무 같은 나를 믿고 길을 나서자.

그대는 꽃이라서 10년이면 열 번은 변하겠지만

나는 나무 같아서 그 10년, 내 속에 둥근 나이테로만 남기고 말겠다.

타는 가슴이야 내가 알아서 할 테니

길 가는 동안 내가 지치지 않게

그대의 꽃향기 잃지 않으면 고맙겠다.


다시 읽어봐도 내가 쓴 글 같지 않게 신통방통하다.

하여튼 이번 3권도 이런 '대륙의 실수'* 같은 글이 몇 개는 더 섞여 있길 바라면서 세 번째 그림 이야기를 시작할까 한다.


2016년 봄

이수동

---

● 대륙의 실수: 우연히 잘 만들어진 물건을 빗대는 은어

## 2장__ 눈부신 날들

# 4장 ____ 연리지 사랑

굽이굽이 산모퉁이 돌아서

그님이 오신단다.

많이 기다린 티를 내지 않으려

무던 애를 썼으나,

못 참고 마중 가는 그녀.

아무리 보아도 한 송이 꽃.

부끄러운 듯 보드라운,

속이 다 비치는 개양귀비 같은.

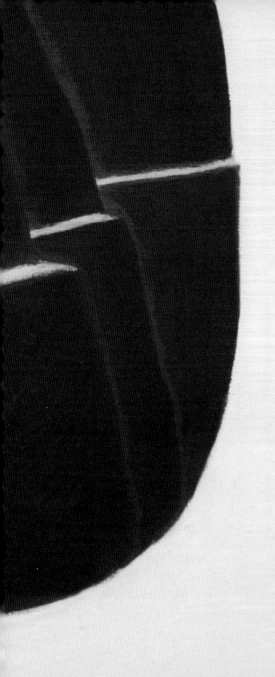

# 1장

# 다시
# 사랑할 땐,
# 그렇게

# 봄이
## 걸어오고 있다

진한 겨울을 겪어본 사람은 안다.
그래서 더욱 그립다.

백번의 간청이든
부처님의 공덕이든
바위 같던 그녀가 드디어 온다.

봄이 한 걸음 한 걸음
내게로 걸어오고 있다.

# 마중

춤추는 구름처럼
긴 머리 흩날리며 뛰어가는 그녀.
이름이나 나이는 궁금하지 않습니다.
다만, 누구를 마중 가기에
저리 설레하는지는 알고 싶습니다.
더구나 5월에…….

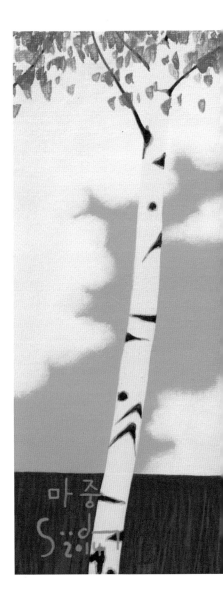

# 편지

다시 만날 때는
그 간의 일 없었던 양
대범한 척
혹은 쿨한 척 바로 손잡고 그러지 말고

긴 편지글 잘 기억하세요.

마음이야 모르는 바 아니나
한번 슬쩍 스치듯 지나친 후
심호흡하고 평정심을 유지하며
천천히 돌아와서

그렇지, 다시 사랑할 땐 그렇게.

# 연서

꽃 다 피워놓았다는 그녀의 편지……
받자마자 답장을 써서
보내지 않고 직접 들고 갑니다.

무수한 꽃들과 꽃 같은 그녀가
어우러져 분간이 안 될 지경이지만
나는 단박에 그녀를 찾아낼 수 있습니다.

이 들뜬 마음은 구름처럼 붕~

"옜소, 나의 사랑 받으소!"

# 하하하
## 호호호

이 여름날,

회사쯤은 하루를 완전히 빼먹고

자작나무 숲에 하얀 탁자 편 뒤

시원한 자몽주스 한잔하며

하하하 호호호

시간 따위는 잊어버리고

종일 즐거운 얘기나 나누며 놀고 싶어라.

그대와 단 둘이.

겨울이면 뭐,
어떤가?

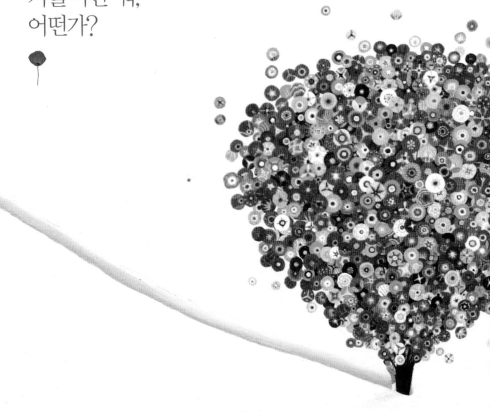

겨울이라고 사랑이 식을까?
꽃다발은 이제 식상할 때도 되었으니
아예 꽃나무를 심고 그녀를 기다린다.
타는 가슴은 그 열기로 꽃피우기도 좋고
그 향기 멀리 퍼져 그녀가 오는 길 지치지 않겠네.
겨울이면 뭐, 어떤가?

# 그대는 꽃,
# 나는 나무

그대는 꽃

나는 나무

바람결에 향기 품고 날 듯

다가오는 그대는

매화인가, 동백인가.

나는 한자리에 뿌리내리고

늘 그대를 기다려왔다.

하얗게 태운 가슴에 그리움 점점이 박힌 나는,

보다시피 자작나무.

# 봄,
## 나들이

그녀는 추운 걸 엄청 싫어합니다.
그러니 별 수 없이 나도 그리 되었습니다.
겨울 해변 거닐기는 물론이고
영화「러브 스토리」처럼 눈밭 뒹굴기는
꿈도 못 꾸지요.

드디어 봄이 왔습니다.
그녀의 계절입니다.
당연히 룰루랄라 콧노래 부르며
봄나들이 갑니다.
나는 구름 한보따리 안겨주며……
어쩝니까? 덩달아 즐거워야지요.

# 어서 오세요 1

어서 오세요.

그대 온다는 편지 받고

뛰는 가슴 주체할 수가 없습니다.

오늘밤, 온 집 안의 불을 다 밝혀놓은 것은

당연한 나의 일이고,

그대 없는 동안 친해진 저 달들도

응원하느라 저리 마중 나왔습니다.

# 무지개 사랑

가다보면 길이 어긋날 수도 있지.
하지만 결국 서로를 찾아가는 중 아닌가.
상대를 고치려 말고
내가 가던 길을 조금 바꾸자.
고집 부리지 말고.
그러면 그 힘들었던 길,
무지개 핀다.

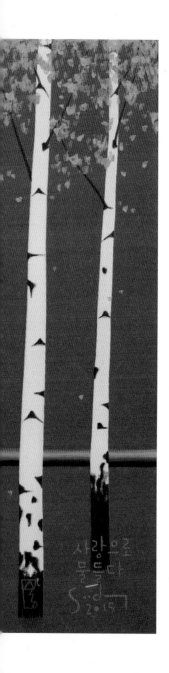

# 사랑으로
# 물들다

착색이 된다, 사랑하면.

원하는 대로 입혀진다.

무지개 색으로든 붉은 산호색으로든.


'장 루이 트랭티냥'*이 꽃을 들고 걸어오고

'아누크 에메'*가 머리칼 찰랑이며 다가온다.

사랑이 깊을수록 그 색은 진하고

대신 진한만큼 짧아질 수도 있겠지만,

저울질하며 어제 같은 오늘로

별일 없이 낡아지는 것보다는 낫다.

아마 4배는.


• 영화 「남과 여」의 두 주인공

# 일편단심

한 조각 붉은 마음.
一片丹心

애틋한 두 사람, 드디어 오늘 만난다.
한 조각씩 가지고 있던 그 붉은 마음 합치면
비로소 사랑이 완성될 것이니.
순백의 눈 위에 선명할 그런 사랑.

우선 꽃부터 받으시고.

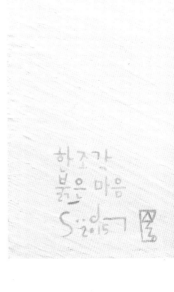

한조각
붉은 마음
S.2015

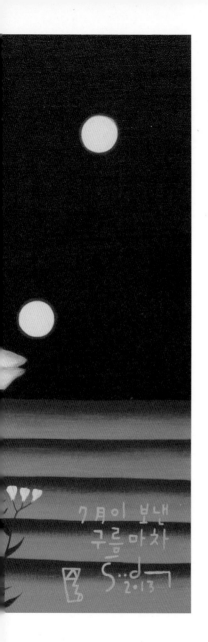

# 7月이 보낸
# 구름마차

거기는 곧 스산한 가을이 시작될 테니
우리, 뜨겁던 여름으로 돌아오라며
7月이 구름마차를 보냈습니다.
그녀는 내심 그리 말해주길 바랐습니다.
'조금만 기다려주세요.'
부랴부랴 여름으로 돌아갈 가방을 챙깁니다.
그녀의 여름은 다시 시작되겠지요.

# 그녀가 온다

제가 요리에 관심을 좀 가지게 되었습니다.
한 6개월은 되었을 성 싶네요.
사실 요리라기보다 끼니를 거르지 않고
간단히라도 챙겨 먹기 위함이지요.
어묵탕, 된장찌개, 단호박죽, 각종 김치 등
비교적 쉽고 일상적인 것들이 주를 이룹니다.
그러나 부재료와 불 조절이 관건인
라면은 거의 프로급입니다. 하하하.


드디어 오늘 용기를 내어 그녀를 초대했습니다.
메뉴는 쌈정식인데,
시장에서 싱싱한 채소들을 직접 골랐지요.
식사 후 그녀의 표정이 어떨지 살짝 걱정은 됩니다.


저기, 그녀가 옵니다.

# 겨울 나들이

그 메타세콰이어 숲, 기억하죠?
이번 겨울에 한 번 더 가봅시다.
가을이었지요, 그때는?
그 유명한 낙엽 길 산책 대신
이번엔 영화 속 주인공처럼
우리도 눈길 위에 발자국으로
하트 표시 한번 만들고 옵시다.

자, 빨리 따라오세요.

# 그대를 위한
# 레드카펫

그대, 어서 오세요.
하필 그대 오기로 한 3일 전부터
함박눈이 내렸습니다.
눈이야 원래 좋아하지만
이번엔 아니지요.

다행히 오늘 오전에 눈은 그쳤지만
그대 오는 길 불편하지 않게,
마을 입구부터 부랴부랴 레드카펫을
길게 깔아놓았습니다.
마중 나와 있지 않아도 서운해 마세요.
아마,
그대 좋아하는 오징어 살 듬뿍에
청량고추 얇게 썰어 넣은 파전을
만드는 중일 겁니다.

# 내 사랑을
## 전해다오

그녀는 밤이 되자 들로 나갑니다.
낮 동안 꾹 참았던 간절한 사랑이
온 들을 태울 듯 뜨겁습니다.
밤하늘에 하얀 열기 무수히 피어오르면
첩첩산중 그 사람도 이번에는 볼 겁니다.
행여 오늘 못보고 지나친다면
달님이 대신
내 사랑을 전해주세요.

# 꽃피워놓고
# 기다리다

그냥 달력에 줄만 치며 기다리지 말고
먼저, 꽃피워놓고 기다리시라.
그래, 저 정도면 백리까지도 그 향기 퍼지겠네.

꽃이 다 시들 때까지 오지 않으면……
나쁘지.
인연이 아닌 게지.

오면?
아무 말도 하지 말고 그냥 안아주고.
오는 길에 '고추냉이' 지천에 널린 것 봤을 테니
당연히 미안하고 고맙겠지.

꽃 피워놓고
기다리다
Sind
2015

# 우리,
# 꽃밭에서 만납시다

저 1000송이도 넘을 무수한 꽃들
언제 다 그리게 될까 싶었는데,
그치지 않는 비가 없듯 드디어 완성했다.
기억하는 것 중 가장 오래 그린 이 그림.
그 노고에 비해 내용은 아주 심플하지.

"지난겨울 수고했으니 우리,
꽃밭에서 만나 그 향기에 한번 흠뻑 취해봅시다."
······ 이 정도?

나도 그림 그리느라 수고했으니
오늘밤 막걸리에 흠뻑 취해볼까?
그림은 꽃향기에 취하고,
나는 술에 취하고.

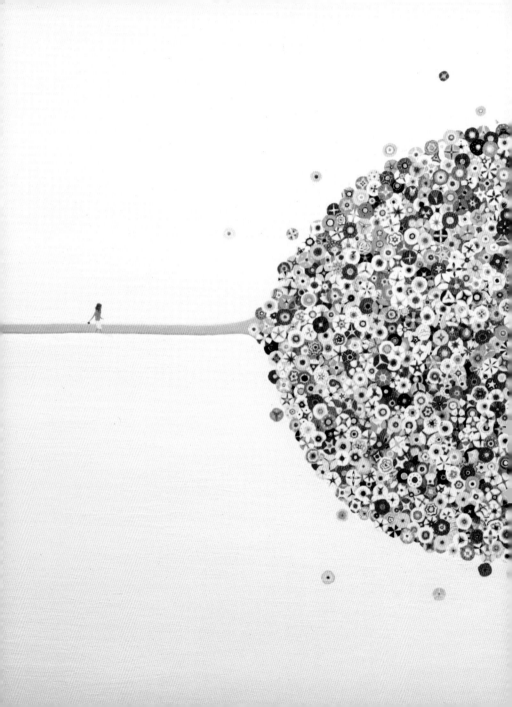

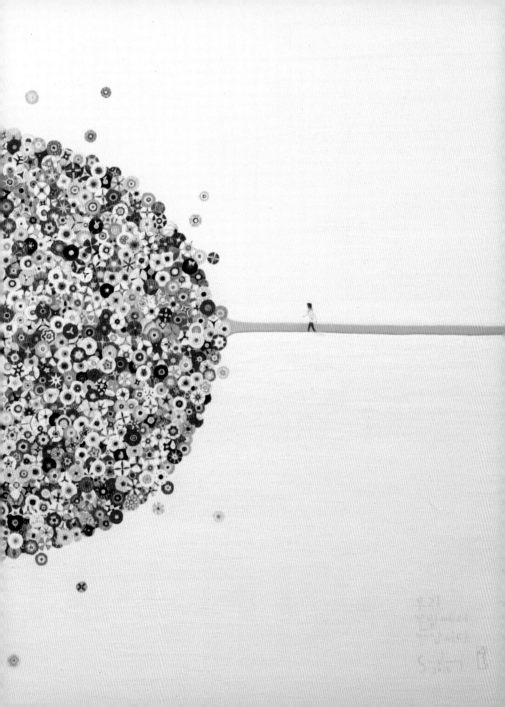

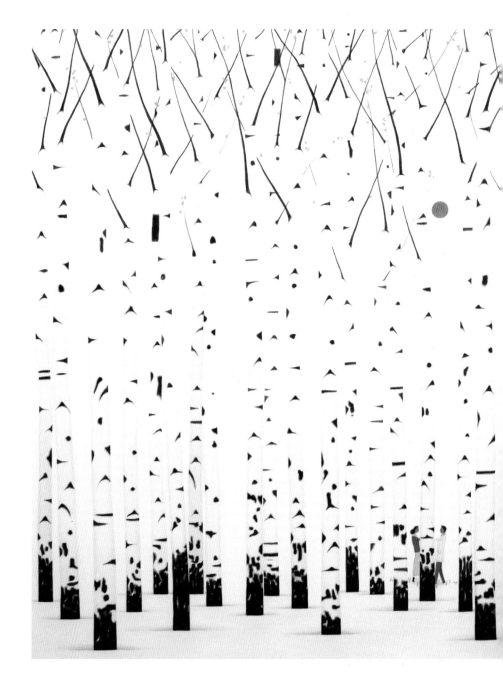

# 入春

100미터 두께의 얼음 틈을
맨살로 비집고 들어와
마침내 울 듯 녹이고 마는
그 '입춘入春'


그녀도 그렇게 왔다.

거울을 보니 탱탱하던 소년은 이제 없고
대신 아버지가 나를 걱정하듯 바라보고 있다.
이 세상엔 영원한 것이 없구나.

바람처럼 훅! 그리고 시냇물처럼 졸졸, 시간은 끊임없이 흐른
다. 어느 가수 노랫말처럼 단지 눈을 한 번 감았을 뿐인데, 어
느새 소년은 중년이 되어 있다. 돌아보면 아쉽지 않은 게 어디
있겠나? 그리고 이해 못할 것 또한 없지.

이제야 세상이 나를 위해 있는 게 아니라 내가 단지 세상의 일
부라는 것을 진정으로 알겠다. 다 각자의 운명대로 살아가는
인생이라는 긴 길에, 남들이 인연이라는 이름으로 잠시, 혹은
오래 머물다가 되돌아가는 것이라는 걸.

지금으로도 충분하다면 모르겠으나 앞으로의 인생이 어제처
럼 외롭지 않으려면, 다시 말해 남들을 내 주변에 오래 머물게
하려면 악다구니처럼 혼자 잘나지 말고 상대와 발맞추고 진심
어린 배려, 또 배려하는 것만이 그 답이 아닐까 싶다.

커피를 한잔 마시며 창밖을 우두커니 내려다보니 자동차들이
쫓기듯 바삐 지나가고 있다. 열정만 넘칠 뿐 그저 미숙했던 나
의 지난날처럼. 찬찬히 그때를 돌아보니 미안하고 아쉬운 인연
과 일 들이 하나둘이 아니더라. 더러는 시간이 지나도 사라지

지 않고 마음속에 돌처럼 굳어져 자리 잡고 있는데, 이 무거운 짐들을 이제 하나씩 덜어내어 가벼워지고 싶다. 작업실로 올라가는 3층 계단의 마지막 부분에서 발이 자꾸 걸리는 건 그 무게 탓인 듯도 싶고.

정신없이 종종걸음으로 걷던 그때가 아닌, 한결 편안해진 지금의 시각으로, 덩달아 느긋해진 인상으로 그 인연과 일 들을 다시 한 번 대면하고 싶다. 인생 전체를 재구성하듯 말이다. 나의 이기심이나 변덕으로 혹여 소홀했거나 서운했을지도 모르는 그 인연들을 가까이 손에 닿는 데부터 한번 찾아가봐야겠다. 놀라거나 당황스러워하지 않게 천천히 그리고 자연스럽게. 부디 돌아오는 길은 무거운 짐 하나를 내려놓는 감사한 길이 되기를 기대하면서……

항상 남들을 먼저 두둔하는 아버지가 그때는 참 서운하고 답답했다. 내가 아버지 나이가 되어보니 그것은 '두둔'이 아니라 '배려'였더라. 외로워서 그러셨겠지. 아버지처럼 되기 싫어 반대로 살다시피 했으나, 돌아 돌아서 결국 아버지처럼 살아지는 이 오묘한 현상……. 시공을 초월할 수만 있다면 그때의 아버지에게 지금의 내가 소주 한잔 받아놓고, 늦었지만 꼭 안아드리고 싶다.

이렇게 눈이 부시게 맑은 날은

당장 일어나 들로 혹은,

바다로 달려가야지.

오늘만큼은 詩人처럼 가수처럼

마구마구 노래하고!

해질녘에 돌아올 일은……

그때 가서 생각하면 되지.

2장

# 눈부신
# 날들

# 청춘

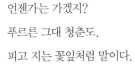

언젠가는 가겠지?
푸르른 그대 청춘도.
피고 지는 꽃잎처럼 말이다.

하지만 갈 때 가더라도
아직은 더 푸르게 빛나고 볼 일.
그래야 제대로 청춘.

# 꽃피워놓고
## 아침을 맞다

늘 햇살의 온기로 꽃피웠지.
고맙다가 어느덧 당연하게 여겨지더라.
흐리거나 비 오는 날은 서운하기까지 한,
미세먼지처럼 쌓인 이 몹쓸 타성.

걷자.

그래, 내일은 고마운 해를 놀래줘야겠다.
부지런떨어 꽃을 먼저 피워놓고
아침을 맞아야지!

# 화양연화

어머니는 아들을 잘 키웠습니다.

장성한 아들은 궁금합니다.

자식을 위해 자신을 버리며 살아오신 어머니도

꽃처럼 빛나던 때가 있었을까?

언제였을까?

안타까운 마음에

작은 흑백사진을 한 장 들고 화가를 찾았습니다.

어머니들의 꽃 같은 시절은 그 아들뿐만 아니라 화가에게도

늘 궁금한 그 '무엇'이지요.

화가는 자신의 일이기라도 한 듯, 건네준 사진을 오래 바라보고

'화양연화'라는 제목의 그림을 그렸습니다.


"아들아, 네가 태어난 후부터
나는 화양연화가 아닌 날이 없었단다."


라고 말하는 듯 따뜻한 미소를 머금은 젊은 날의 어머니…….

# 다시,
# 봄 마중

첫 봄…… 언제였던가?

그땐 봄이 뭔지도,

귀한 줄도 몰랐지.

시작이 그래서 그냥 저냥 지나간 또 수많은 봄들.

문득 돌아보니,

지나간 봄보다 남은 봄날이 더 적구나.

봄…… 이제야 알겠다.

그래 안 되지, 봄을 그리 대하면.

흘러간 봄이야 어쩔 수 없으니 잊고,

다시, 봄 마중 가야겠다.

마음만은 스무 살 아가씨처럼.

옳지, 머플러 폼 나게 두르고 그렇게.

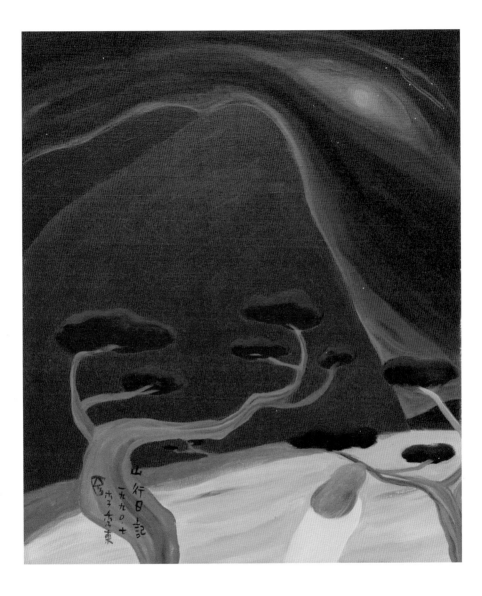

# 산행일기 山行日記

사랑이 또 다른 사랑으로 잊히듯
나의 그림 역시 어제의 것이 오늘의 새 그림에게
자리를 내어주고 있다.
허나 지나간 듯한 그것들,
사실 사라지는 게 아니라 '흔적'으로 남아 있더라.
상처이거나 혹은, 훈장으로.
나를 다시 찾아온 26년 전의 이 그림도 그렇다.
상처처럼 돌아왔으나
아무리 보아도 나의 훈장이구나.

그 섬에
가고 싶다

무슨 일이든 정성들여 노력하면
세상이 나를 위해 있는 것처럼
의도한대로 아귀가 딱딱 맞게 되더라.
물론 한순간 덜커덕 맥 빠지는 일이
가뭄에 콩 나듯 생기기야 하지.
오늘이 바로 그런 덜커덕거리는 날.
**세상 일이 그렇지 뭐.**


숫자들을 여기저기 보내려고 은행에 왔는데
뒤적이던 책자에 아름다운 풍광이 눈에 팍!
바로 '산토리니'.
열심히 일했으니 잠시 잊고 떠나라는 건가?
이 또한 아귀가 딱딱 맞아지는 노력 보상 뭐 그런 법칙인가?
**절묘하군.**


아~ 그 섬에 또 가고 싶다.

그 섬에
가고 싶다
S..d—
2014

## 夏夏夏
## 好好好

여름이 끝날 무렵
그녀는 올해도 꼭대기 끝 방을 예약했다.
단출한 짐을 내려놓고 창문을 여니
아직도 더운 바람이 훅! 밀고 들어온다.
그러거나 말거나 젊은 여인들은
이 여름을 다시는 못 볼 것처럼
짜내듯 즐거워하고 있구나.

"여름, 좋지? 좋~을 나이다.
실컷 夏夏夏 好好好 해라."

혼자 중얼거리며 창문을 세게 탁! 닫는다.
그녀는 이번에도 시詩 속으로 숨을 것 같다.

# 사랑길

사랑길.

한자로는 愛路? '애로'로 읽히는군.

애로라…… 그럴지도 모르지.

손만 뻗으면 닿고,

말만 하면 다 들리면

어디 그게 사랑일까, 일상이지.

어려운 거 다 안다.

봄까지 기다렸다가 느긋하게 가도 되고

못 참고 지금 눈밭을 헤치고 가도 되는데,

설레면 장미 한 다발 사들고 바로 가는 거고

이유가 많으면 따뜻한 봄에 가는 거지.

근데 봄에 가게 되면

눈밭을 헤치고 먼저 온 사람과 함께

그 사랑은 가고 없을 수도 있지 않겠나?

한 가지 분명한 건,

설레지 않으면 이미 사랑이 아니라는 거.

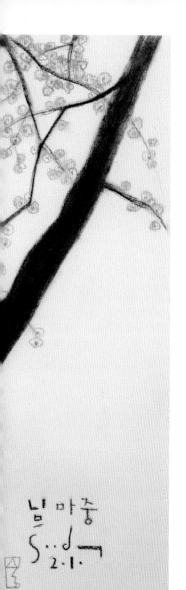

# 님 마중

때는 춘삼월이라.
게다가 님까지 오신다니
마냥 집 안에만 앉아 기다릴 수는 없지요.
벚꽃 만발한 동구 밖 그때 그 나무에 올라,
신작로를 드문드문 지나는 버스들을 바라보며
이제나 저제나 손꼽고 있습니다.

# 어서 오세요 2

신열을 보름 동안 앓다가 추스르고
마당으로 나 있는 큰 창을 열었다.
아! 하늘하늘 정원의 꽃들은
늘 나를 기다리고 있었구나.
어서 오라고 반기듯 손 흔들고 있다.
여리지만 가까이 있는 저 소중한 것들.

# Breeze

산들바람 불어온다.
때가 되니 어김없이 부는 그 바람.
못 참고 구름도 춤추는 들로 나들이.
그동안 더 길어진 머리카락 휘날리며
저렇게……

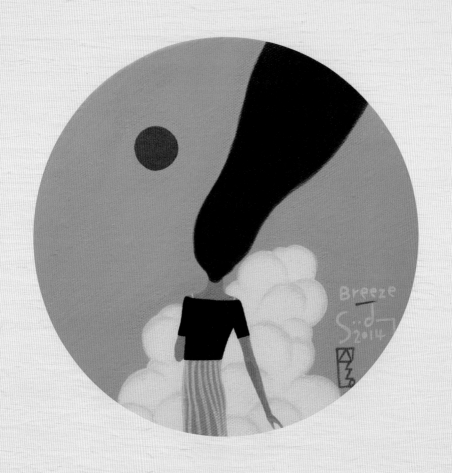

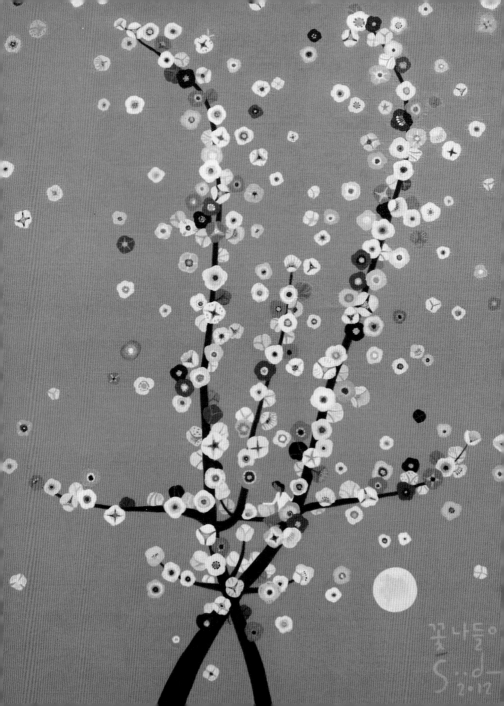

# 꽃 나들이

점심 약속을 했다.
덜 붐빌 것 같은 오전 11시 반에.
조금 일찍 와서 창 넓은 곳에 자리 잡았다.
횡단보도를 여러 사람과 섞여 건너는 그녀.
꽃이구나.
꽃이 걸어오고 있구나.

# 봄이 오는
# 소리

각자 봄이 오는 소리가 다르겠지.

나는 이렇더라.

짙은 회색 하늘이 뽀얗게 점점 밝아지고

가느다란 진홍색 나뭇가지들이

짱돌에 얼음장 금가듯 사방으로 퍼지더니,

그 가지 사이로 경미한 현기증이 일어나듯

하얀 꽃잎들이 어지러이 날린 후

일순간 그녀가 확 나타나는……

그렇게 ✦ 봄이 오더라.

봄이
오는 소리
S..d
2015

# 나도 한번
## 삐딱하게

'지용이'는 '삐딱하게' 노래해도 열광하고······ 칫!
즈거들은 맨날 고기 먹는다고 서운해하던
어느 스님 마음 이젠 알겠네.

여태 지대로 한번 삐딱해본 적 없는 내가
돌아보니 심히 억울타만,
다 뜻이 있어서 참았다는 듯이
이번에 통 크게 한번 질러봐야겠다.


남들은 다 순리대로 가을로 무르익을 때,
나는 백바지 챙겨 입고 봄으로 갈란다.
삐딱하게~
가서 다시 사랑하련다.

성공 혹은 완성이라는 꼭대기까지
반半 정도 왔지 싶어 기념으로 남긴 그림.
그러나 저 그림의 17년 전쯤엔
오히려 7부 능선까지 오른 줄 알고
'칠부七部'라는 그림도 그렸더라.

시간이 흘러도 더 멀어지기만 하는 그 끝은
욕심이 줄어서일까?
세상의 벽이 알수록 더 높아져서일까?
까짓것, 욕심이 줄어서라고 여기고 말란다.
또, 한 10년 뒤쯤엔
'이제 시작'이라는 그림이 나오려나?

# 연분홍<br>치마

3월초 이른 아침<br>
그 아가씨, 연분홍 치마 꺼내 입고<br>
남들이 볼까 조심조심 들로 나갑니다.<br>
봄 맞으러 가는 거지요.<br>
아직 잔설도 덜 녹았는데……<br>
걱정되어 솜털 같은 구름 한 덩이 떼서<br>
그녀를 따라 보냅니다.

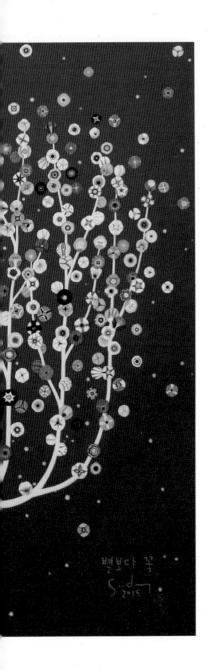

# 별보다
# 꽃

가끔 빛은 나지만
한없이 멀기만 하고,
신화처럼 지어낸 이야기도
더러 억지스러운 별보다,
정성만큼 키울 수도 있고
사랑하는 만큼 만질 수도 있는
꽃이 더 낫다.
가까이 있는 서로의 그대가
더 소중하다 이 말이다.

# 처음 본
# 순간부터

참다 참다 고백합니다.

사흘 밤 꼬박 쓴 편지……
받고 나와줘서 고맙습니다.
편지로는 도저히 못할 고백
지금 꼭 해야겠습니다.

떨리는 마음부터 진정시키고……
어휴~
오늘 따라 달이 유난히 밝군요.
너무 환해 부끄럽긴 하지만
응원이라 여기고 용기를 냅니다.

"처음 본 순간부터 나 자신보다
당신을 더 사, 사, 사, 사랑합니다."

오늘도 따라
당신 그대다
S..d
2•13

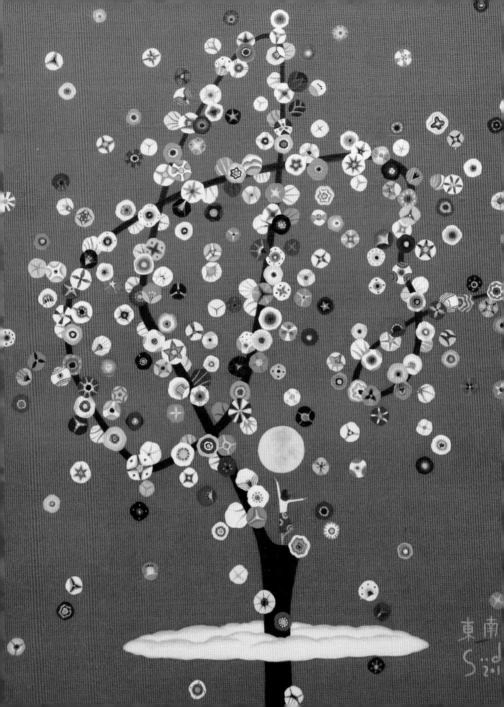

# 동남풍

봄바람이 동남풍인지 남동풍인지 알아보니
둘 다 맞으나 서양은 남북을 중시하고
동양은 동서에 의미를 둔다는군.
그럼 東南風.

자연의 계절이야 순리대로 오지만
사람 마음이야 어디 그런가?
그녀에겐 1년의 반은 동남풍이 부는 것 같다.
저 봐라, 또 그새를 못 참고 춤을 춘다.
달마저 오늘 따라 휘영청하군.
꽃나무도 정말 덩달아 그러긴가?
중심을 잃은들 푹신한 구름이 떡~받치고 있으니
전생에서 나라를 구했나?
…… 그녀는 좋겠네.

우리 선장님
S..d
2011

우리
선장님

아빠는 선장님.
능숙하게 노를 젓는 그 솜씨는
잭 선장이 울고 갑니다.
당연히 망망대해도 두렵지 않지요.
하지만 오늘은 금덩이 같은 가족이 타고 있으니
조심조심 흔들리지 않게
작아도 저 배, 아빠에겐 보물선입니다.

우리 선장님!
사랑합니다.

인생에서 가장 아름답고 행복한 순간이라는 화양연화. 언제일까?

지금 이 순간이지 당연히.

자신의 의지로 뭐든 할 수 있는 지금이라는 시간 말이다. 지나
간 시간은 물레방아로 되돌릴 수 없는 흘러간 물처럼 이제 어쩔
수 없다. 나의 단단하던 복근은 이미 십 수 년 전에 사라졌고,
지난번에 받은 100점짜리 노래방 점수 역시 화면에 붙여놓은
축하용 만 원짜리 지폐와 함께 옛 얘기가 된 지 오래다. 부도난
1억짜리 수표 같은 지난날이 아쉬워 만지작거려본들 무슨 소용
이 있겠는가? 속만 아프지.

뿐만 아니라, 우리 언제 밥 한번 먹자는 동창의 애매한 약속도
그렇고, 로또만 되면 평생 술사겠다는 친구의 객기 역시 의미
없다. 또 가장 멋진 그림은 아직 그려지지 않았고 가장 위대한
발명품 역시 아직 만들어지지 않았으며, 가장 찬란한 시절은 아
직 오지 않았다고 누군가 이야기했지만, 그런 그럴싸한 말은 사
실 무책임하고 모호하기가 그지없다. 잘 풀어보면, 설사 그런
것들이 그려지고 만들어지고 그 시절이 온다 해도, 저 말이 사
라지지 않는 한 여전히 '아직' 오지 않은 순간을 아쉬워하며 막
연한 기대와 미련만 쌓이지 않겠나?

이렇듯 어제와 마찬가지로 내일 또한 확실히 보장되는 게 없다. 어제가 부도난 1억짜리 수표라면, 내일은 숫자만 제대로 적혔을 뿐 어디에도 쓸 수 없는 1억짜리 문방구 어음 같은 것에 불과하다. 아쉽게도……

어제까지의 지난 일은 오늘의 위치에 따라 자랑스러워지기도 부끄러워지기도 한다. 그리고 앞으로 자신에게 펼쳐질 내일은 오늘의 선택에 따라 하늘을 날 수도 땅 속으로 꺼질 수도 있다. 어제와 내일의 운명을 틀어쥐고 있는 오늘이 살아 있는 날 중엔 가장 젊은 날이다. 그러니 가장 기쁘고 진지한 마음으로 오늘이라는 소중한 도화지에 간절히 원하는 걸 한번 그려봐야 하지 않겠나? 사랑도 일도 마음이 시키는 대로 자신 있게 쓰~윽! 선을 긋는 이 순간만이 우리 인생을 좌지우지 할 수 있는 진정한 힘인 것이다. 자신의 의지대로 운명을 형형색색 수놓을 수 있는 유일한 시간이라는 말이다. 어제를 의미 있게 매김을 해주고 내일을 빛나게 할 수 있는 의지가 살아 있는 이 순간.

바로 지금이 우리의 '화양연화'.

앞만 보고 달리던 우리 꿈나무

드디어 꽃을 피웠습니다.

마냥 앞만 보고 달렸겠습니까?

그 쓰린 속을 모르는 바 아니나 혹여.

약한 눈물 같이 흘릴까 하여

애써 모른 척 했습니다.

꽃피울 줄 알았습니다. 그것도 주렁주렁.

고맙습니다.

우리 꿈나무.

3장

# 다 이루어질 거예요

# 구름편지
# 100통

일이든 여행이든 지금 구름 위에 있는
그대, 그대, 그대들.
그냥 기분만 구름 위에 뜬 듯한
그대들에게도 내,
응원과 격려의 구름편지 100통
꽃잎에 새겨 쏘아 올리니.
받는 즉시 읽어보고 읽는 동안
꿀꿀한 기운은 발로 차버리고
상쾌한 기운은 몸에 착 붙여서
부디 매일, 아니 매 시간 즐겁길 바라오.

# 이루어져라

그대의 꿈,
이루어져라.
긴 밤 울며, 혹은 웃으며
한 땀 한 땀 피워 올린
저 꽃송이 수만큼

다 이루어져라.

# 7번

골프, 치나요?
그럼 7번 아이언으로 태양을 뽕~ 띄우듯
오늘도 굿 럭!
'드라이버'로 개 패듯 무리 마시고
'퍼터'로 숨넘어갈 듯 조바심 마시고,
적당히 부지런한 그런.

숫자도 좋다.
7

부자
마을

부자가 되는 길은 의외로 간단하지.

한번 들어보시게.

들어오는 대로 바로 내보내지 말고,

일단 좀 참아.

기다리고 있으면 차츰 모이겠지?

어느 정도 되었다 싶으면 그때부터

들어온 만큼 내보내는 거지.

그러면 참아서 모은 양만큼은

늘 안정적으로 유지되고……

그렇지 않겠나? 쉽지?

큰 부자? 그건 하늘이 주는 거고.

내 말은,

좀 참고 '머무는 양과 시간'을 늘리면

아쉬울 것 없는 부자처럼 살 수 있다는 얘기지.

# 키다리
아저씨

하늘의 구름을 하나 뚝 떼어
그대에게 선물합니다.
이 키다리 아저씨 믿고
신나게 한번 날아보세요.

All is Well

# 오늘 따라
# 달도 밝다

늘 그랬듯이,
한 해가 바뀌는 마지막 날 밤,
부부는 손을 마주잡고 기도합니다.

"올해도 수고 많았습니다.
내일부터 시작되는 새해에도 우리 사랑은
지금처럼 한결같고 그 향기는 더해갈 겁니다."

창밖의 보름달이 오늘 따라 유난히 더 밝군요.

# 합격
# 통지서

좋습니다, 너무.
합격 통지서!
미친 듯이 방방 뛰다
철퍼덕 누웠습니다.
눈밭이 솜이불처럼 포근합니다.
그간의 일들,
주마등처럼 지나갑니다.

고생 끝,
이제부터 행복 시작!

첫월급
S:¿♪ㄱ
2013ㄱ

# 첫 월급

우리 동네서 제일 친절한 슈퍼집 맏딸이
작은 무역회사에 취직을 해버려서
담배를 사러가도 이젠 보기가 어렵다.
어느 날, 그녀가 머리에 구름을 이고
골목 어귀에 들어서는데
입이 귀에 걸렸다.
가만히 날짜를 계산해보니……
아, 첫 월급날이구나.

# 어머니를
# 만나다

이런 일도 있더라.
우리들 젊은 시절 여배우는 그녀밖에 없었다.
설레는 청춘들을 쥐락펴락하던 그 여배우가.
한평생 자신을 기다려준 어머니의 사랑을
그림으로 표현해줄 수 있느냐고 물어왔다.

"대한민국에서 안 되는 게 어딨나요?"

반갑고 당황했지만 애써 태연한 척 그리 대답했다.
그녀도 청춘을 거쳐 이제 중년이 되었고.
또 자연스레 자신의 어머니 나이도 되겠지.
하지만 배우로 지나온 그 길엔 꽃향기가
곳곳에 은은하게 배어 있을 것이니……

"걱정 마시고."

# 지구에서
# 사는 법

영화 「국제시장」에서 '덕수'는
"나 잡아봐~라" 하는 그녀의 머리채를
단번에 확 채어 잡았다.
잡아보라고 해서 잡았을 뿐인데
덕수는 억울하다.
그녀도 서운하다.
각기 다른 별에서 왔기 때문에 당연한 일.
"나 잡아봐~라"는
"같이 뛰며 놀아요~까르르 까르르"의
다른 말이란 걸 덕수가 어찌 알겠나?
그건 나도 마찬가지고.
화성에서 왔건 금성에서 왔건 이제 잊고
지구에서 사는 법을 익혀야겠구나.
같이 '하하하 호호호' 웃게 되는 쪽으로
해석하고 행동하는 게 지구법이려니.

# 꿈꾸는 섬

## 섬, 섬, 섬

섬에서처럼
할 수 있는 것이 지극히 제한적일 때
필요한 건 뭐?
그래, 꿈꾸는 거지.
세상사 믿을 거 별로 없지만
이 말만은 믿고 싶어.
**"꿈은 이루어진다."**

그대도 같이 꿈꿔보실 텐가?

# 고백

저 총각, 오늘도 높은 담에 기어올라
사랑 고백하는구나.
벌써 몇 번째인지.
아마도 갖다 바친 장미가
한 수레는 넘을 듯싶네.
낙수落水에 바위가 더러 뚫리기도 하듯
쌀쌀맞던 그녀도 마음이 열리나보다.
때가 되면 은근 궁금해하다가
이제 소파까지 내어놓고?
그래도 자세는 여전히 도도하게.


"총각~ 거의 다 왔네!"

# 편지

봄이 그리 간단히 오겠나?
몇 날의 긴 밤 지새며 쓴 편지가
일단 그녀에게 전달이 되고,
그 편지 눈물로 읽은 그녀가
며칠을 망설이다 이윽고 눈밭을 헤치고
그에게로 출발.
가는 동안, 그래도 행복했던 기억들은
마른 잡초마저 꽃으로 피게 하고
살아난 꽃들은 그녀 손을 잡고 따라가는……
봄은 그렇게 오는 거지.

# 겨울 아이

이런, 날도 찬데……
어서 안으로 들어오너라.
표정을 보니 말 안 해도 알겠구나.
일단 난로에 몸을 좀 녹이렴.
지금이야 벼랑 끝에 서 있는 것 같겠지만
봄은 또 온단다.
봄은 갈수록 더 멋지고 화려하다는 걸
네가 어찌 알겠느냐마는…….

# 풀잎이
# 내게 말하다

여기저기 반나절은 걸어 다녔지 싶다.
지쳐, 공원 한구석 풀섶에 벌러덩 누웠다.
여전히 맑구나, 하늘은.

그런데 이것 좀 보시게?
바람결에 흔들리는 풀잎이 내게 말을 건다.
"오늘 힘들었죠?"
홀린 듯 주절주절 2년을 눌러왔던 이야기를
풀잎에게 다 하고 나니 속은 시원하군.
이 하늘거리는 풀잎, 알아듣기라도 한 건가?
내게 춤추듯 몸짓으로 토닥여준다.

"앞으로 다 잘될 거예요. 好, 好, 好"

10년이 지난 지금…… 정말 잘되고 있다.

# 연 수 妍樹

우리 집엔 꽃나무가 한 그루 있다.
고운 나무라는 뜻의 '妍樹'
다시 말해 '아리따운 꽃나무'인 셈이지.
개명한 막내딸 이름이다.
믿거나말거나 이름을 바꾸고는
많은 것이 좋은 쪽으로 바뀌었다.
일일이 얘기는 다 못하고.
아내와 나, 그리고 터울이 있는 큰딸도
이 막내딸을 진짜 꽃나무처럼 대하고 있다.
잘 자라라,
사랑스런 우리 꽃나무.

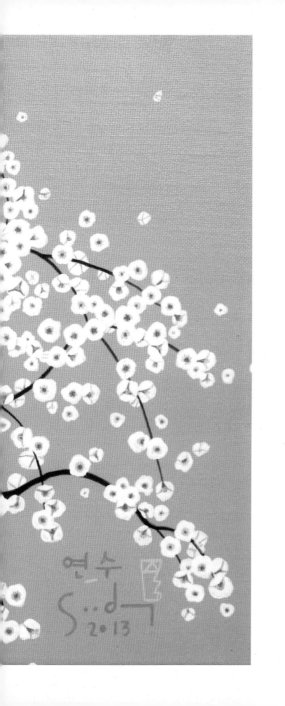

# 어사화

비단 시험의 장원급제가 아니어도
도처에 저 어사화 달린 모자 쓰고픈 사람 많겠지.

너무 많아 휘어지거나 적어서 또 서운하지도 않을,
딱 노력만큼의 어사화 고이 올려놓았으니

원컨대 그대가 꼭 쓰게 되면 좋겠네.

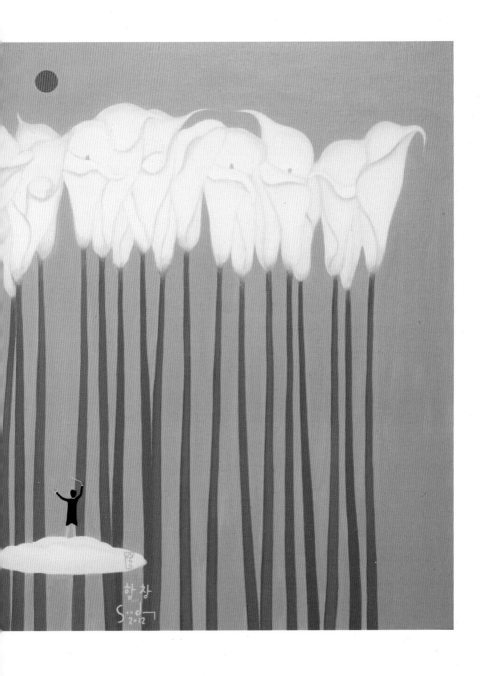

합창
Sud
2012

# 합창

개개인은 버릴 것 하나 없이 다 잘났으나,
모이면 시끄럽고 조화롭지 못해 많이 안타깝고
어쩌겠나?
이럴 때는 탁월한 지도자가 나타나줘야지.

지휘봉 하나로
소음을 아름다운 화음으로 바꾸는 저 능력.
이 대목에서 박수!

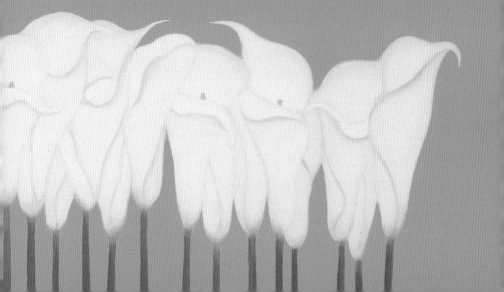

# 장미꽃
# 한 다발

어릴 때 배가 아픈 건
화장실에 가고 싶다는 신호일 수 있고,
철들어 배가 아플 땐
경쟁자가 더 잘 나갔을 때의 질투이기도 하지만,
나이 들어 배가 아프다는 건
진짜 배가 아픈 것이다.
이제야 바로 말할 수 있고
남들도 말 그대로 알아듣는구나.
참 좋은 나이군, 지금이.
이 나이 모든 이에게 장미꽃 한 다발!

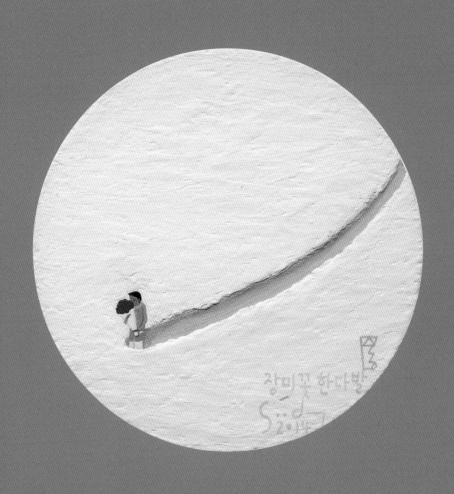

나는,
꽃이랍니다

2015

# 나는
# 꽃이랍니다

나는 꽃이랍니다.
금빛 화려한 양귀비 꽃.


해가 지면 일상으로 내려오게 되겠지만
지금은 아무 말도 하지 마세요.


햇살이 나를 응원하는 동안은
꽃향기 백리까지 퍼지는,

나는 꽃이랍니다.

지성이면 감천이라는 말…… 당연하지.

그런데 나는 늘 궁금하다. 그 감천 후에는 어떻게 되는 걸까? 말인
즉, 하늘이 감동을 받아 원하는 걸 가지거나 이루었다는 건데, 간
절히 바라던 것을 얻은 다음에는 어떻게 되느냐는 말이다. 얻기 전
의 지극정성이 그 후에도 계속 되었을까? 이루었으니 이제 관두었
을까? 뭐, 이런 게 사실 궁금했다. 엉뚱할지는 몰라도…….

동화의 해피엔딩 스토리 역시 그러했는데, 왕자의 키스로 깨어난
공주가 그 뒤에도 줄곧 고마워했을까? 왕자는 키스 다음엔 무엇으
로 버텼을까? 흥부가 제비의 다리를 치료해줘서 대박이 난 건 알
겠는데 그 재물을 가지고도 줄곧 부드러운 심성이 이어졌을까? 집
떠난 틸틸과 미틸이 고생 끝에 파랑새를 집 마당에서 찾았는데, 그
후 파랑새와의 관계는 어찌 발전했는지, 또 그 덕에 사는 게 정말
바뀌었는지, 이젠 밖으로 안 다니고 집에만 있는 건 아닌지? 등등.

최선을 다한다거나, 이 한 몸 부셔져도 좋다거나 하는 그런 말, 나
는 싫어한다. 새털같이 많은 날 어찌 최선을 밥 먹듯 이어 갈 것이
며, 이 한 몸조차 쉬이 여기는데 다른 건 어찌 중요하게 여길까 의
문스럽기도 하다.

화끈한 청혼 이벤트로 결혼한 부부가 아내의 기대에 부응하지 못
하고 결국 갈라섰다는 실제 이야기는, 이벤트는 짧으나 인생은 길
다는 예를 단적으로 보여주는 게 아닐까.

그래서 나는 이런 것이 더 믿을 만하고 좋다. 극단적이거나 보여주기 위한 것이 아닌 '지속적일 수 있는, 몸에 배인 정성' 말이다.

공주가 아니라도 가시밭길을 헤쳐 가서 구하고, 그 사랑 변치 않고 오랫동안 키스를 해주고, 횡재를 만났어도 재산분란 없이 처음의 그 마음 잘 간직하고 여전히 농사를 지으며 착하게 살고, 엄한 고생하기 전에 평소에 주변을 잘 살피는 배려 혹은 관심을 가지기를 말이다.

피카소와 아무것도 모르는 초등학생의 그림이 우연히 비슷할 수는 있다. 하지만 큰 차이는 지속적으로 꾸준히 그렇게 그린다는 것과 단 한 번에 그친다는 것. 그것처럼 우리 일상에서 일어나는 수많은 일들은 사건 사고 같은 일회성이 있는가 하면, 무리 없이 꾸준하게 하던 일이 쌓이고 쌓여서 급기야 경이로운 결과를 이루는 것도 있다.

바로 그것, 어찌 보면 지루한 단어들일 수도 있는 그런 것들, 즉 초심, 한결, 배려, 은근, 성의, 지속 같은 것들이 단단한 신뢰를 주고 결국엔 시간과 더불어 기대 이상의 성과를 낳게 되지 않겠나. 획 지나가는, 자극적이거나 극단적인 것이 아니라 오래 남는 그런 감동 말이다.

그런 지속적인 정성으로 원하는 바 이루길 바란다. 몸에 배인 정성으로 이어 가는 긴 인생길에 원하는 일이 중간 중간 이루어지는 것.

그게 진짜다.

이제야 그대와 손잡고 구름 위로 두둥실.

자잘한 꽃 무리들의 그 숱한 자랑들,

가끔 부러웠으나 작은 바람에도

이내 묻혀버리는 걸 잘 봐왔습니다.

하지만 오래 묵혀둔 우리 사랑 노래는,

크고 화려한 꽃들을 피어나게 하고

그 만큼의 진한 향기를 뿜어 낼 겁니다.

내, 감히 장담은 할 수 없지만

이대로 한 오백 년은 이어질 것 같습니다.

믿습니까?

# 4장

# 연리지
# 사랑

# 장미를
# 심다

그녀는 꽃을 좋아하지.

특히 붉은 장미를.

미리 약속 장소에 와서 장미 가득 심어놓고

깜짝 놀라게 하고 싶었다.

겨우 세 송이째 심는데 벌써 오다니…….

그녀도 설레긴 매한가지일까?

설마? 하면서도 기분은 참 괜찮다.

어쨌거나,

이왕 일찍 왔으니

같이 심으면 좋겠네.

눈이
다 녹을 때까지

머지않아 봄이 올 것이고
이 눈 또한 다 녹을 겁니다.
그동안 수고했어요.
이 눈 다 녹을 때까지 내, 그대
꼭 안고 있을 테니 아무 걱정 마시고,

봄이 오면 어떤 멋진 일이 기다리고 있을지
즐거운 상상만 하세요.
눈 꼭 감고.

# 잘 살아보세

연리목 인연 아시지요?
연리지도 아실 거고.
연리화 인연도 있습니다.

(사전에는 없으니 찾아보지 마세요.)

말 그대로 꽃향기를 서로 나눈다는 뜻이지요.
연리목, 연리지만큼의 오랜 인연은 아니지만
부단히 노력한 후 나름의 꽃을 피우고 돌아보니
같은 인생을 살아온 사람이 또 있는 겁니다.
처음 봤어도 오래 전부터 알던 사이 같은 그런 인연.
늦게 만난 만큼 지금부터라도 더욱 살갑게
꽃향기 서로 풍기고 맡으며 잘 살아야겠습니다.

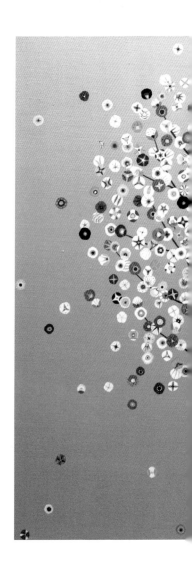

잘살아 보세
S..d~
2014

# 그때
# 심은 나무

기억합니까?
그때 심은 나무.

들판을 가로지르는 찬바람에
희미하게 섞여 있는 이 꽃향기
혹시?
아련한 기억으로 이끌려오는 동안
점점 꽃향기는 진해집니다.
와 보니,
눈밭에서도 터질 듯 만개한 저 꽃나무……

우리, 그때 심은 나무 맞습니다.

# 두둥실

가만히 안고만 있어도
구름 위에 오른 듯 두둥실.
서로 말은 안 해도
흩날리는 꽃들이 응원하듯
대신 노래를 한다.
사랑해~ 라고.

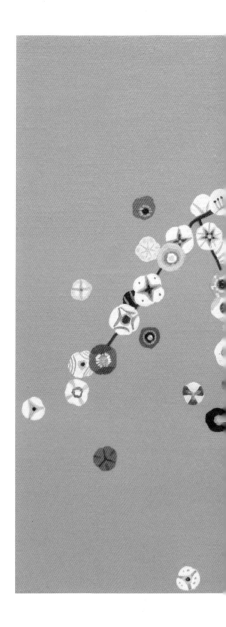

# 꽃피는 우리 집

이제 꽃필 날만 남았습니다.
이리 와서 앉아보세요.
그동안 수고 많이 했고
잘 참아주어서 고맙습니다.
나무는 그대가 키웠으니
내, 가지가지마다 그대 닮은 꽃송이
무수히 피워 올리겠습니다.

그대를 닮았으면 그 향기야
오죽하겠습니까?

# 날도
# 참 좋다

젊은 부부가 전시장을 찾았다.
남자는 나의 그림 에세이 글귀나
그림을 오려서 사랑 고백을 했고,
마침내 결혼하게 되었단다.
여자는 혼수는 줄이고 신혼집에
내 그림을 꼭 걸게 해달라고 했고.

그 이야기를 전하며 악수하는 남자의 표정이
상기되었고 손은 약간 떨렸다.
전시장을 찾은 그날이 약속을 실천하는 날.
바로 이 그림.
제목도 그들의 행복한 약속에 딱 어울리는
'날도 참 좋다'.

날도 참좋다

# 하늘
## 보다

먼저 와서 기다리다
따뜻한 봄바람에
깜빡 잠이 들었나보다.
인기척에 눈을 뜨니,
구름 타고 내려온 듯?
하늘거리는 양귀비 사이로
천사가 서 있다.

아, 그녀!

# 피아노

그녀는 나의 피아노 연주를 무척 좋아했다.
따라 흥얼거리다 밤을 꼬박 새기도 했지.


그녀 없는 피아노, 먼지가 소복하구나.
물끄러미 바라보다 눈물 한 방울 툭!
…… 안 되겠다. 가봐야겠다.

그녀가 놀라지 않게 제일 좋아라 하던
그 연주 구름에 먼저 실어 보낸 후
나는 천천히 뒤따라가야지.

피아노
S..d
2015

# 소야

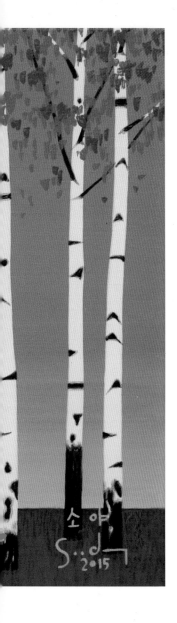

날이 더 어두워지기 전에

남자는 헐레벌떡 뛰어옵니다.

조금 늦었습니다.

첫 번째 꽃가게가 문을 닫아서

다른 곳에서 장미를 겨우 구했고

우습게도, 다리가 급한 몸을 못 이기고

혼자 넘어져 흰 바지에 묻은 흙도

개울물로 지우느라……

여기저기서 애쓰고 서둔 티

흐르는 땀만 봐도 알겠습니다.

어쨌든 늦어서 많이 미안해합니다.

여자는 그저 웃으며 말없이 안아줍니다.

귀에 들려야만 소야곡이 아닙니다.

그 남자는 엉성하고 서툴지만

충분히 소야곡을 부른 셈이지요.

# 유리잔처럼
# 소중하게

우여곡절이 있었습니다.
사랑은 '깨지지 않는' 플라스틱 컵이 아니라
'깨지지 않게' 소중히 다뤄야 할 유리잔이었습니다.
그나마 늦게라도 알게 된 건 다행이지요.
이제 우리 집은 꽃필 날만 남았습니다.
햇살 더 비추어 그 꽃 활짝 피게 하겠습니다.

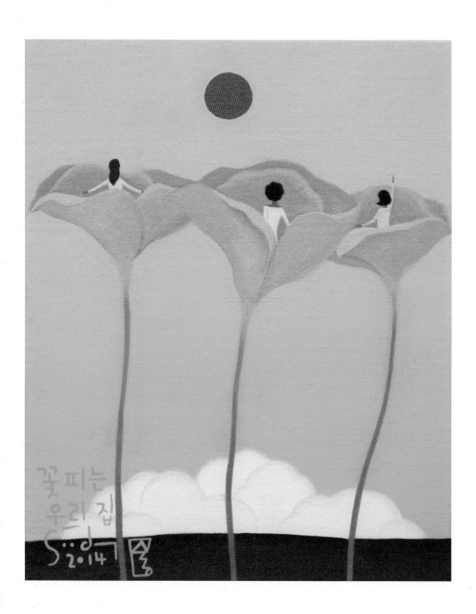

# 우리나라
# 만세!

나라를 되찾은 8월 15일에 태어나서
'나라'라고 지어줬다.
그래서 사랑하는 첫 딸 이름은 '이나라'.
자연스레 나는 이 나라의 아버지가 되었고,
당연히 이 나라가 잘되길 기도하며 살았다.
지금도 마찬가지고.
예능 프로의 삼둥이 '대한민국만세'도 그렇겠지만
나 역시 늘 바라는 건,

'우리나라 만세!'

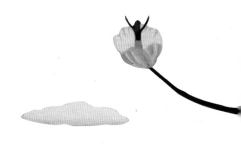

# 사랑

예나 지금이나 노력 여부와 상관없이
사랑은 여전히 어렵다.
그때는 그런 사실을 자연스레 받아들일 수 없었지.
근데 철들어보니 공부보단 몇 곱절 더 어려운 게 사랑이더라고.
어차피 노력한다고 특별해질 일이 아니라면
그냥 꽃 하나 더 따주며 말없이 웃어주는⋯⋯

그게 오늘의 사랑법.


사람은 사람대로 살고,
사랑은 사랑대로 흐르고⋯⋯.

사랑
Sood
2015

우리 사랑
뭉게 뭉게~
S.d
2015

# 우리 사랑
# 뭉게뭉게

그 남자의 새로 생긴 즐거움은
아내와 딸의 사진을 마구 찍어주는 것.
그래서 성능 좋은 카메라만 보면 참질 못한다.
방 한쪽 가득 자리한 카메라들 바라만 보아도
그저 흐뭇하고.

내일은 또 어느 카메라로 어딜 가서
사랑하는 아내와 딸을 담을까?
이 세상 모든 풍경은
단지 가족사진을 위한 배경일 뿐.
저 구름처럼 그들의 사랑은
오늘도, 뭉게뭉게

# 夏·夏·夏

夏~ 좋다.
외딴 섬 옥색 고요 바다.
못 참고 달려가 내 몸을 던지면
풍덩!
고요가 일순 깨지며
비로소 시작되는 여름 잔치.
又 夏 夏 夏!

우리 집
앞뜰

우리 집 앞뜰입니다.
이렇게 넓은 수영장 본 적 있나요?
고래를 키우는 수족관은 조금 뒤쪽에 있고,
길이가 800미터도 넘는 운동장은
바로 앞에 펼쳐져 있지요.

단지 소파 하나 갖다놓고,
그녀와 앉았을 뿐인데 이런 일이 생겼습니다.
멋지죠? 우리 집 앞뜰.

男

남자는 매일 그녀를 품고 삽니다.
아침이면 먼저 일어나 그녀를 깨웁니다.
그리고는 정성스레 가슴에 안고 집을 나서지요.
그녀는 가끔 그 남자를 떠날 듯 날아보지만,
이내 마음을 다잡고 다시 가슴에 안깁니다.

　　　남자는 오늘도 긴 하루를 접고 돌아와
　　　거울 앞에 섭니다.
　　　잘 있군요, 그녀.
　　　이제 그녀도 쉬어야지요.
　　　작은 방에 그녀를 고이 재웁니다.

# 춤추는 숲

그녀가 오늘은 숲으로 숨었다.
하지만 이내 들킨다.
환호하며 춤추는 나무들 때문이다.
어딜 가나 난리구나.
저번엔 바다로 숨어서
파도들이 거품을 물고 춤을 추더니……
이제 숨어 다니지 말고 이리 와서
나를 춤추게 하면 좋겠네.

# 어느 멋진 날

마침 꽃피고 구름도 멋진 날
나의 그대, 어서 오세요.
그동안 있었던 긴 이야기는 집에 가서
그대가 좋아하는 뜨거운 코코아 한잔 마시며
천천히 얘기해도 늦지 않습니다.
손부터 한번 잡아봅시다.

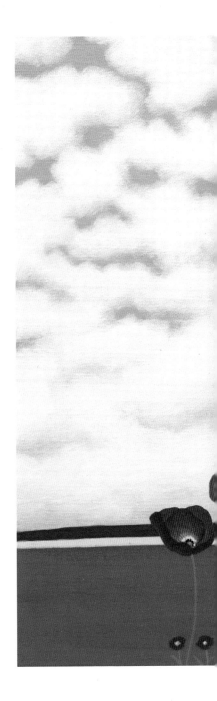

어서 오세요
S..d
2·15

# 피어라
## 꽃

눈빛 초롱한 그녀의 이야기를
가만히 듣고 있으면, 마치 꽃봉오리 속에 숨겨진
봄기운 같은 게 느껴진다.
누구라도 응원해주고 싶은
그런 마음이 들겠다.
진심 담은 무지개빛 구름으로
박수 쳐줄 테니
부디 피어라,
　　　　그대라는 꽃.

피어라
꽃
S...d
2·15

1. 수많은 사람들이 어제도 오늘도 스치고 잊히고…… 피고 지는 꽃처럼 또 스치고 잊히지만, 조용한 시골마을 입구의 장승처럼 늘 한결같고 변함없이 그대로인 건 오직 가족이라는 이름의 인연뿐이다.

각기 다른 홀씨가 바람타고 날아와 우연히 한자리에서 싹을 틔우고 자라면서 서로의 가지를 부대끼듯 안고 희로애락을 나누며 끝내 꽃을 같이 피우는 그런 사랑. 그게 바로 연리지 사랑이다. 이 고맙고 귀한 사랑은 그저 고이 모셔놓고 감사할 일밖에 없다.

2. 그건 그렇고, 이 세상을 살아가면서 맺어가는 사회적인 인연에는 연리지급이 없을까?

사람 한 명을 만난다는 건 책 한 권을 읽는 것과 흡사하다. 그래서 희미하고 모호한 만남은 빽빽이 꽂힌 책장의 책을, 피아노 건반을 둘째손가락으로 왼쪽에서 오른쪽 끝까지 죽 훑어가며 건성으로 치는 것과 같다. 진정 그 사람을 알고프면 책장의 책 한 권을 꺼내서 독파를 해야겠지. 전생에 나라를 구한 적이 있다면 읽는 족족 다 양서가 되겠지만 사람 사는 일이 어디 그런가? 읽어본 책이 '아니다' 싶으면 손이 덜 닿는 맨 위쪽이나 아래쪽에 다시 꽂아두면 되고, '이거다' 싶은 책은 다시 꺼내 보기 쉽게 가슴 높이에 두고 자주 보는 거지.

그런데 시간이라는 것은 무한하지 않아서 모든 책을 다 읽어보기가 쉽지 않다. 그럴 때 필요한 게 바로 추천도서! 먼저 읽어본 친구에게 추천받는 것. 믿는 친구가 권하는 책은 나쁠 수가 없으니 말이다. 물론 내가 검증한 책도 당연히 그 친구에게 소개하고. 이렇듯 사람들과 인연을 만들어가는 일은 책 읽는 것과 별반 다르지 않다. 좋은 인연이란 이런 것 아니겠나? 말하자면 이런 것. 어느 날 문득 보고 싶은 한 친구와 연락하여 둘이 술잔을 기울이기 시작했는데, 분위기에 취한 친구의 갑작스런 부름에도 한달음에 달려와준 이들 덕에 어느 샌가 둘은 넷이 되고, 그렇게 새로 만난 두 명 역시 향 싼 종이에 향내 나듯 10년 지기 못지않은 편안함을 지닌 멋진 사람들이라면, 분명 이들을 추천한 그 친구는 평생가도 좋을 인연이라는 거. 신뢰라는 영양을 공유하여 색은 달라도 '함께' 꽃을 피울 수 있는 그런 멋진 인연……그게 바로 연리지급이 아닐까?

나는 1, 2 다 있다.
그래서 참 좋다.

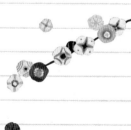

저는 참 바쁩니다.

꿈속에서 바삐 뛰어다니다 아침에 눈을 뜨고 씻고 밥 먹고 청소하고 차도 마시며 여기저기 통화도 하고, 지인들과 모임도 갖고 음주가무도 하며 여러 가지 행사에도 꼬박 참석합니다. 또 sns로 세상과 소통도 하고 스포츠 중계도 챙겨 봅니다. 자기 전에 일기도 가급적 쓰고…….

당연히 그 와중에 그림도 그려야 하니 바쁜 것 맞지요?

그런가 하면 또 저는 참 한가합니다.

위에서 열거한 것 중에 기본적인 건 누구나 하는 것이고 사실 특별한 일은 일주일에 한 번 정도도 일어나지 않습니다. 가끔 동네 산책하는 것 외엔 늘 화실에 있지요. 시간은 오늘도 쉬지 않고 속절없이 흐르지만 저는 오래된 편안한 의자에 앉아 어제와 같이 느릿느릿 그림만 그리고 있습니다. 화석처럼. 늘 그렇지요. 참 한가한 것 맞습니다.

남들이 보기엔 빵모자 쓰고 이젤 앞에서 고개를 갸웃거리며 그림을 그리는 행위가 다소 멋있어 보일지는 몰라도 그게 저를 포함한 화가들에겐 사실 별 특별한 것 아닌, 그저 평범한 일상에 불과합니다. 세상이 바삐 돌아갈 때 혼자 그림을 그리고 앉아 있노라면 남들 운동회 하는 날 따로 떨어져 운동장 한쪽 구석에서 막대기로 개미 가는 길을 막으며 한가히 놀고 있는, 그런 느낌마저 들 때가 많습니다.

그런데 말입니다. 근래 몇 달을 이 그림 에세이 3권에 집중하면서 그림과 대화하듯 글을 쓰다보니, 그림 하나하나가 특별했든 아니든 다 일상의 결과물인 걸 알게 되었습니다. 1, 2권 때는 글을 써야 한다는 강박(?) 때문에 그림과 일상이 잘 연결되지 않았는데, 이번엔 그게 보이더란 말입니다. 뭐든 삼세판은 되어야 하나 봅니다.

꿈속을 헤매던 중 또렷이 남은 장면, 공원을 거닐다 문득 올려다본 구름, 기차를 타고 가며 본 창밖의 경치, 술 취한 친구의 넋두리, 그리고 심지어 고마움, 미안함, 즐거운 감정까지 일상의 모든 것들이 그림에 고스란히 남아 있습니다. 그냥, 화가라서 해온 이 한가한 신선놀음 같은 그림 그리기가 일상과 버릴 것 하나 없이 촘촘히 엮어져 있다는 걸 이번에 확실히 알게 된 거죠. 거미가 그저 한없이 거미줄을 뽑아내는 것 같지만 1센티미터마다 다 의미가 있듯, 이 심심한 그림 그리기 역시 알고 보니 붓이 지나가는 길 하나하나에 울퉁불퉁하든 고요하든 모든 일상이 고스란히 녹아 있었습니다. 사람들이 음으로 양으로 그림의 소재는 물론이고 주제까지도 되어주고 있더라는 겁니다. 참으로 감사한 여러분입니다.

B형 특유의 억지 끼워 맞추기를 해보자면, '돈키호테'가 헤쳐 가는 세상의 모든 길 따라 그림 소재가 쌓이고, 묵묵히 그 뒤를 따르는 '산초'의 응원이 그림을 그릴 원동력이 되며, '세르반테스'가 그들의 이야기를 글로 쓰듯 나는 그림을 그리고 있다~ 뭐, 그런 형식이 아닐까요?

무리인가요? 하하하.

어쨌든 저를 둘러싼 모든 일과 사람들은 제 그림을 있게 하는 원천이며 동반자인 것만은 확실합니다. 여러분의 일상, 그림으로 잘 녹여 예술이라는 이름으로 다시 돌려 드리겠습니다.


그리고 오늘도 정말 감사합니다.

1장
다시
사랑할 땐,
그렇게

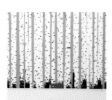

**「봄이 걸어오고 있다」**
캔버스에 아크릴릭
116.8x80.3cm, 2015
p.14

**「마중」**
캔버스에 아크릴릭
24.2x33.4cm, 2014
p.17

**「편지」**
캔버스에 아크릴릭
31.8x40.9cm, 2016
p.18

**「연서」**
캔버스에 아크릴릭
72.7x53cm, 2015
p.21

**「하하하 호호호」**
캔버스에 아크릴릭
53x72.7cm, 2015
p.22

**「겨울이면 뭐, 어떤가?」**
캔버스에 아크릴릭
80.3x116.8cm, 2015
p.24~25

**「그대는 꽃, 나는 나무」**
캔버스에 아크릴릭
89.4x130.3cm, 2014
p.27

**「봄, 나들이」**
캔버스에 아크릴릭
27.3x22cm, 2013
p.30

**「어서 오세요」**
캔버스에 아크릴릭
34.8x27.3cm, 2014
p.33

**「무지개 사랑」**
캔버스에 아크릴릭
30x60cm, 2014
p.34~35

**「사랑으로 물들다」**
캔버스에 아크릴릭
45.5x53cm, 2015
p.36

**「한 조각 붉은 마음」**
캔버스에 아크릴릭
33.4x45.5cm, 2015
p.39

**「7月이 보낸 구름마차」**
캔버스에 아크릴릭
40.9x53cm, 2013
p.40

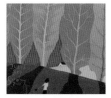

**「그녀가 온다」**
캔버스에 아크릴릭
27.3x22cm, 2011
p.42

**「겨울 나들이」**
종이에 콩테
44x32cm, 2010
p.45

**「그대, 어서 오세요」**
캔버스에 아크릴릭
40.9x53cm, 2009
p.48~49

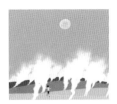

**「내 사랑을 전해다오」**
캔버스에 아크릴릭
40.9x53cm, 2007
p.50

**「꽃피워놓고 기다리다」**
캔버스에 아크릴릭
65.1x90.9cm, 2015
p.54~55

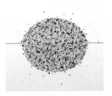

**「우리, 꽃밭에서 만납시다」**
캔버스에 아크릴릭
89.4x145.5cm, 2015
p.58~59

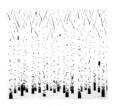

**「入春」**
캔버스에 아크릴릭
80.9x116.8cm, 2014
p.60

2장
눈부신
날들

**「청춘」**
캔버스에 아크릴릭
33.4x24.2cm, 2016
p.67

**「꽃피워놓고 아침을 맞다」**
캔버스에 아크릴릭
53x40.9cm, 2014
p.68

**「화양연화」**
캔버스에 아크릴릭
40.9x31.8cm, 2016
p.71

**「다시, 봄 마중」**
캔버스에 아크릴릭
14x18cm, 2016
p.73

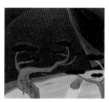

**「山行日記」**
캔버스에 아크릴릭
53x45.5cm, 1990
p.74

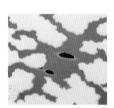

**「그 섬에 가고 싶다」**
캔버스에 아크릴릭
31.8x40.9cm, 2014
p.78~79

**「夏夏夏 好好好」**
캔버스에 아크릴릭
50x65.1cm, 2015
p.80

**「사랑길」**
캔버스에 아크릴릭
40.9x31.8cm, 2014
p.82

**「님 마중」**
종이에 콩테
50x62cm, 2010
p.84

**「어서 오세요」**
캔버스에 아크릴릭
27.3x22cm, 2012
p.87

**「Breeze」**
캔버스에 아크릴릭
지름 20cm, 2014
p.89

**「꽃 나들이」**
캔버스에 아크릴릭
40.9x31.8cm, 2012
p.90

**「봄이 오는 소리」**
캔버스에 아크릴릭
40.9x31.8cm, 2015
p.93

**「기울다」**
캔버스에 아크릴릭
27.3x22cm, 1996
p.94

**「牛」**
캔버스에 아크릴릭
27.3x34.8cm, 2011
p.97

「연분홍 치마」
캔버스에 아크릴릭
25.8x17.9cm, 2006
p.98

「별보다 꽃」
캔버스에 아크릴릭
65.1x90.9cm, 2015
p.100

「오늘따라 달도 밝다」
캔버스에 아크릴릭
53x72.7cm, 2013
p.104~105

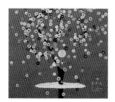

「東南風」
캔버스에 아크릴릭
53x45.5cm. 2014
p.106

「우리 선장님」
캔버스에 아크릴릭
22x27.3cm, 2011
p.108~109

**「구름편지 100통」**
캔버스에 아크릴릭
53x40.9cm, 2013
p.114

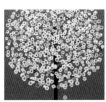

**「이루어져라」**
캔버스에 아크릴릭
72.7x53cm, 2013
p.117

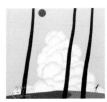

**「7번」**
캔버스에 아크릴릭
33.4x24.2cm, 2014
p.118

**「부자 마을」**
캔버스에 아크릴릭
22x27.3cm, 2012
p.120

**「키다리 아저씨」**
캔버스에 아크릴릭
22x27.3cm, 2012
p.122~123

**「오늘따라 달도 밝다」**
캔버스에 아크릴릭
72.7x53cm, 2015
p.127

「합격 통지서」
캔버스에 아크릴릭
40.9x53cm, 2009
p.128

「첫 월급」
캔버스에 아크릴릭
부조+17.9x25.8cm, 2013
p.130

「어머니를 만나다」
캔버스에 아크릴릭
31.8x40.9cm, 2006
p.132~133

「하하하 호호호」
캔버스에 아크릴릭
53x45.5cm, 2015
p.136

「꿈꾸는 섬」
캔버스에 아크릴릭
33.4x24.2cm, 2015
p.138

「고백」
캔버스에 아크릴릭
40.9x31.8cm, 2011
p.141

「편지」
캔버스에 아크릴릭
31.8x40.9cm, 2015
p.142~143

「겨울 아이」
캔버스에 아크릴릭
27.3x22cm, 2006
p.144

「풀잎이 내게 말하다」
캔버스에 아크릴릭
33.4x24.2cm, 2006
p.147

「연수」
캔버스에 아크릴릭
31.8x40.9cm, 2013
p.150~151

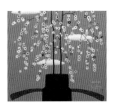

「어사화」
캔버스에 아크릴릭
72.7x53cm, 2015
p.153

「합창」
캔버스에 아크릴릭
65.1x90.9cm, 2012
p.154~155

「장미꽃 한 다발」
캔버스에 아크릴릭
지름 20cm, 2014
p.159

「나는 꽃이랍니다」
캔버스에 아크릴릭
27.3x22, 2015
p.160

4장
연리지
사랑

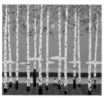

「장미를 심다」
캔버스에 아크릴릭
65.1x90.9cm, 2015
p.166

「눈이 다 녹을 때까지」
캔버스에 아크릴릭
53x72.7cm, 2009
p.168~169

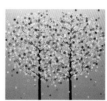

「잘 살아보세」
캔버스에 아크릴릭
80.9x116.8cm, 2014
p.171

「그때 심은 나무」
캔버스에 아크릴릭
65.1x90.9cm, 2015
p.172

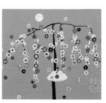

「두둥실」
캔버스에 아크릴릭
24.2x33.4cm, 2014
p.177

「꽃피는 우리 집」
캔버스에 아크릴릭
53x40.9cm, 2013
p.178

「날도 참 좋다」
캔버스에 아크릴릭
27.3x45.5cm, 2014
p.182~183

「하늘 보다」
캔버스에 아크릴릭
53x72.7cm, 2006
p.184

「피아노」
캔버스에 아크릴릭
53x72.7cm, 2015
p.188~189

「소야」
캔버스에 아크릴릭
31.8x40.9cm, 2016
p.190

「꽃피는 우리 집」
캔버스에 아크릴릭
27.3x22cm, 2014
p.193

「우리나라 만세!」
캔버스에 아크릴릭
40.9x31.8cm, 2013
p.194

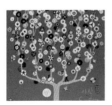

「사랑」
캔버스에 아크릴릭
33.4x24.2cm, 2015
p.197

「우리 사랑 뭉게뭉게」
캔버스에 아크릴릭
53x40.9cm, 2015
p.198

「夏·夏·夏」
캔버스에 아크릴릭
97x193.9cm, 1997
p.202~203

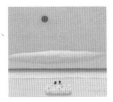

**「우리 집 앞뜰」**
캔버스에 아크릴릭
24.2x33.4cm, 2006
p.206~207

**「男」**
캔버스에 아크릴릭
53x33.4cm, 1996
p.208

**「춤추는 숲」**
캔버스에 아크릴릭
53x65.1cm, 1996
p.212

**「어서 오세요」**
캔버스에 아크릴릭
37.9x45.5cm, 2015
p.215

**「피어라 꽃」**
캔버스에 아크릴릭
40.9x31.8cm, 2015
p.217

부록

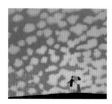

「사랑가」
캔버스에 아크릴릭
27.3x22cm, 2016
p.4

「꽃마중」
캔버스에 아크릴릭
33.4x24.2cm, 2011
p.12~13

「나비처럼 날아보세」
캔버스에 아크릴릭
53x72.7cm, 2009
p.64~65

「잘자란 꿈나무」
캔버스에 아크릴릭
53x40.9cm, 2014
p.112~113

「사랑가」
캔버스에 아크릴릭
지름 20cm, 2013
p.164~165

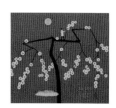

「구구소한도」
캔버스에 아크릴릭
31.8x40.9cm, 2014
p.112